千里遥望

senri youbou

山田喜美句集

ふらんす堂

序

山田喜美さんの俳句は阿《おもね》るところがない。これが喜美さんの俳句をずっと読んできた私の一貫した印象である。

こういう材料を、こういう言葉で五七五にまとめれば、俳句らしい俳句になる。俳句を始めてある程度すればそれがわかってくる。そして、句会では仲間に阿り、投句では選者に阿って、よい成績をとろうとする。それは俳句そのものの機嫌をとり、阿っていることに他ならない。

喜美さんは違った。喜美さんは、自分の思ったこと、自分の感じたことを、自分の言葉で俳句にすることに拘った。そのため、読んでもわからない俳句をずいぶん作った。喜美さんの思ったこと、感じたことが、読者に通じる言葉の出口を得られなかったのだ。喜美さんはしんどいことだっただろう。それでも喜美さんは阿ることをしなかった。どちらが俳句に対して誠実なのか。それはもちろん喜美さんの方なのである。

もう二十年近く「鷹」の選者をしてきた中でも、喜美さんの次の句との出会いは忘れられない経験だった。

散る桜海に届かず殯《かりもがり》

この句は、東日本大震災の起きた二〇一一年の春に投句された。殯は火葬の風習が広まる前の古代の葬送の儀式である。遺体をすぐには埋葬せず、棺に納めてしばらく安置した。この句の場合は、葬式までを死者と過ごす数日のことなのだろう。死者を悼む思いが厳粛な心の風景として描かれていると感じた。

しかし、私はここで鑑賞を終えることができなかった。津波の災禍が連日報道されていた時期である。火葬が間に合わず、遺体を土葬にしていると聞くと、そのことがこの句の殯と重なり、海まで続く津波の痕の泥濘に散る桜が思われた。そこまで書きながら、喜美さんは関西の人だから、これは私の勝手な思い入れだとは承知しているつもりだった。

ところが後日、喜美さんの短いエッセイが関西支部報に載った。喜美さんは阪神・淡路大震災のとき、ドライアイスを抱いて体育館で何日も火葬を待つ死者に胸が塞がったが、とても俳句には出来なかった。それが東北では土葬されたと聞いて心が休まった。神戸の体育館で浮かんだ殯の言葉が、今度の地震でこの句に甦ったのだ、と書いてあった。

そこまで深い背景のある思いを、喜美さんはたった五七五の言葉の力を信じて俳句に託した。そして、その思いは、散文で事情を記すのとは違う何かを確かに伝えて、私に感動をもたらした。俳句の作者と読者は、このように心を通じ合えるのかと驚かされた。これはひとえに、喜美さんが何者にも阿ることなく、自分の思いを俳句に表すことに真摯に努めてきたからだろう。

喜美さんの俳句に対する熱意は、自分の作句だけではなく、俳句を共に作る仲間を育てることにも注がれた。それが千里山教室だ。鷹の先輩である後藤綾子さんが始め、喜美さん自身もそこで学んだ千里山教室を、綾子さん没後に藤田湘子先生の指示で喜美さんが世話することを引き受け、さらに多くの仲間を誘って俳句の魅力を伝えた。

喜美さんに誘われた一人、今の鷹関西支部長の吉長道代さんは、体操教室で一緒だった喜美さんから句会だとはよく知らずに呼ばれ、果物や菓子につられて通ううちに、とうとう俳句を作る羽目になったとか。喜美さんは東京の鷹中央例会に欠かさず通い、鷹の俳句の目指す方向を仲間に伝える労を惜しまなかった。喜美さんの熱意にほだされて俳句の虜になった仲間たちによって、今の鷹関西支部は支えられている。

喜美さん自身の俳句に話を戻そう。

冬野なりふりむけば墓ざわめきぬ

白露の欠けたる玉のなかりけり

戦争が無かつたやうに目借時

舟べりは水ばかりなる大暑かな

韃靼人馬上に蝶をつまみけり

まずは湘子選の時代から。いずれも花鳥風月に遊ぶという作り方ではない。あくまで自分の思ったこと、自分の感じたことを押し通す。白露の句も写生ではない。欠けた露というあり得ないものを思うことで、すべての露が円らに存在する世界が感動をもって現れる。

水面見て誰も老人原爆忌

雨粒にいちいち応ふ春の水
螢追ひ肘雫せるこの世かな
アップル社遍《あまね》はる世や初電車
旅券に判押して皓歯や星涼し

これらは私が選者になってからのもの。アップル社の句は初電車の誰もが手にするiPhoneの席巻ぶりを「遍はる」の古語で表現。旅券の句は海外旅行の入国審査だろう。私は人なつこい笑顔を見せる黒人の皓歯を想像した。どんな材料ものにしようと貪欲に目を光らせる喜美さんの執念が楽しく結実している。

「千里遥望」の句集名は、喜美さんが心血を注いだ千里山教室の地を遥かに望んで贈る私の惜別の言葉である。思えば喜美さんは、自分自身に拘りながら、その自分を超えるべく千里先を遥かに望んで俳句を探求する人であった。

令和六年九月

小川軽舟

千里遥望＊目次

句集　千里遥望

せんりようぼう

冬野

昭和五五年〜平成四年

病みてのち海鼠を食べてみまかれり

手袋の左手何故か春を待つ

春嵐母の死髪黒かりき

夕なぎや猫背の僧を煽ぎゐたり

母亡きのち父亡きのちの白絣
欺きて朝の枕の冷えびえす

拒まれて戻る道なり霜柱

冬野なりふりむけば墓ざわめきぬ

福笹に指輪なき指切られけり

引越の捨仏壇や西行忌

真二つに割れし大皿仏生会

松原の松まばらなり人丸忌

干傘のもんどりうてば子供の日

岩魚売りの指思はざる繊さかな

敗戦日荒物店の螢光灯

行く秋の若草山はこだませず

春の雲広き川幅悲しめり

最寄り駅藪中にあり夏期賞与

電柱の片蔭に立ちよその街
行けど行けど夾竹桃の毒の中

土曜日の夜寒やテレビ終はらざる

枯原に信号の青痛かりき

走り根の踏み減りてある彼岸かな

廃屋の蚕棚かすかににほひたる

鳥たちの丁丁発止春惜しむ

味噌汁の昏きに沈む蜆かな

おしなべて明かずの玻璃や星祭

老若やコーラの壜のひしめきぬ

走り茶や新薬師寺の土埃

炎天や何にもなくて土匂ふ

竹馬に乗りて出でしがはるばると

吊されし鮟鱇の今深《ふか》呼吸

黙の身に着るは越後の白絣
秋の風象の粗毛を吹きてをり

町内の空瓶置き場文化の日

ナイロンの下着に荒ぶ冬の肌

さわらびや一切の責負はぬ神

辺境として都会あり啄木忌

心臓に草矢命中したるかな

滝壺や惜しまず罵声あげにけり

かなかなの還らざる穴ほつほつと
薄原埴輪の口の語るべし

案山子には胸貫ける腕一本
十の指ひろげて秋の風通す

図体の曇りしピアノ春夕

七階は雨の途中や桜桃忌

真横より見てひまはりのうすつぺら

鬼面岩念仏岩や灼けに灼け

コンクリート籠めの断崖滴れり

葶殻火の余熱踵のざらつきぬ

林檎の皮長し出稼ぎ付添婦

一階のおでん二階のビリヤード

花開く前の明るき夜雨かな

一望の裏窓五百蟇

飼育箱四段五列蛇学者
滝水は落ちさへすればそれでよし

炎天を見上げ全く絶望す

トーストのバター透けゆき秋立ちぬ

枯蔓の伸びたる先のうやむやに

麦秋や播州平野醬油の香

滝の水悲鳴をあげて落ちにけり

涼風や神戸は西へ長かりき

夜濯の水の行方の日本海

豆腐屋の濡れ手に活くる桔梗かな

頭ひとつごろんと在りぬ春炬燵

滝壺の水の逃げ足速かりき

昼寝覚突如一人に戻りたる

高架線眼前にして住む晩夏

彼岸花風上にゐて笑ひけり

白露の欠けたる玉のなかりけり

歌詞はたと忘じし時の虎落笛

荒寥と蒲団の余白ありにけり

毛を刈りし羊の呼べる雲ならめ

正午出航炎帝に見送られ

パイプ椅子雑然地蔵盆詰所

韃靼人

平成五年〜平成一六年

今日の蟬出揃ひ刻や洗濯終ふ

おほかたは太つちよをんな盆踊り

月明や猫の気心読み違へ

枯蘆や艇庫に残る男の香

わつと泣きさう枯枝の雨雫

三輪山の裾の線路や春田打

縷紅草いまひとたびの風信ず

露けしや鉄塔の脚草の中

一茶忌や味噌と少しの野菜あり

路地ごとに雪の比叡や丈草忌

壺と骨いづれの重さ夕焼雲

火のほかは思ひ出さざり薪能

マンホール手の出て汗の頭出づ

仏像の武器の数かず雁渡る

沖縄をよく見て帰れつばくらめ
集めたる木の実に用のなかりけり

桜遠しさらに遠くに箒星

肌脱やテレビ一台のさばりぬ

いつまでも金要る子なり鰯雲

朝顔の咲きてしまへばふつきれし

大雨の行き着く暗渠返り花

さえざえとピアノ奏者のカフスかな

あまつさへ吹田慈姑を剝く羽目に

蚊柱の立ち復興の神戸港

祭用意有限会社鶴亀屋

冷まじや細菌美しき顕微鏡

否応もなし裸木の灯さるる

朱欒一個来訪者誰にてもよし

貯金無し水揚げのよき薔薇の束

もう一冊押し込む書棚守宮鳴く

瞬間に縋る吊革単帯

嫁がせて近江近うすの花

漫才の下品を愛す秋の暮

海に魚空気に私春夕

雲の峰垂直に立つビルばかり

炎天や電動ドリル突如鳴る

信号に止まる群衆鵙鳴けり

みな同じ鯛の横顔年の暮

鷹ケ峯頭を垂れて大根引く

竹藪の荒くれ桜咲きにけり

恪勤の頃のロシア語樺の花
戦争が無かつたやうに目借時

熱湯の一滴熱し更衣

尾の他は動かぬ牛や油照

上布着て笑ひてをれば可笑しかり
瀬の洗ふ山毛欅の倒木鬼やんま

野生馬のたてがみ初日和《あまな》へり

海鼠嚙む海鼠の形考へず

僧二人白扇広げささやけり

舟べりは水ばかりなる大暑かな

月涼しさざ波われに集まり来

煙より冬耕の顔現れし

裸木の名を失ひて立てりけり

初明り竹藪に竹ひしひしと

でこぼこに凍ててゐるなり稽古馬場

少年に画集冷たくありにけり

野焼衆喧《けん》呶《ど》の声をたてつづけ

韃靼人馬上に蝶をつまみけり

賞状の金の鳳凰走梅雨

わがからだより螢火の湧きにけり

雑踏に勘働けりサングラス

かなぶんの死ぬるまで音たてにけり

指をもて絹地裂きけり旱梅雨

シンバルの鳴る楽章や晩夏なり

川風の入る楽屋や西鶴忌

雛僧やくろがねもちの実が赤し

喜べば関節軋む暮の秋

角巻や口を引締め肯ぜず

雪積る不作の田にも酒場にも

堅田　平成一七年〜平成二一年

少年よ電飾増やしても寒し

僅かなる祝儀包みぬでこまはし

風船の行手読めざり数学者

峡の空練りをる峡の幟かな

ビニールの紐丈夫なり旱梅雨

梔子や見えざる雨に濡れてをり

引越に金魚手放す老後かな

今我に触れしは人か白萩か

日時計に足りしひと日や落葉焚

肚決むる息を吐きたる枯野かな

裸木のつぎつぎ我に寄りて来し
白髪殖やしひねもす霞食うてをり

遺さぬやう使ひ果さむ花種も

置きなほす二脚の椅子や梅雨深し

盛装の背中あらはや花氷

螢二つ飛ぶ寂しさや露天風呂

鉄橋のひびき真菰に及びけり

香水と大き花束躱しけり

外階段上り詰めたる良夜かな

雪止むや鶴嘴に掘る穴黒き

冬の日にかなふ考妣の肖像画

バイク屋に老人屯冬うらら

鳩尾に立見の手摺春隣

剝き出しのエンジン震ふ初桜

花時や診察台の真白なり

深閑と森のおくゆき蔓交む

ころあひのパジャマのゴムや遠花火

水面見て誰も老人原爆忌

家買うてさて執したり糸瓜棚

葛咲くや圧倒的な葉の世界

豆稲架や日の高うして峡暮色

冬菊や雪駄の男礼深く

短日や軒連ねたる串カツ屋

風花や亡骸出づる非常口

恐ろしき童話聞きをる炬燵かな

春雪や立ちて寿司食ふ魚市場

行けど行けど雨けぶりをり夏木立

山裾の古き家並や氷旗

プールの水耳に残れる書斎かな

連れ帰る案山子や酒の支度あり

人の目につくやうに増え毒茸

本の位置変らぬ棚や日短

黒砂の汀長しや春着の子

モノレール先頭車輌初日出づ

天守より高き住まひや春の雲

蘆の芽や弾みつきたる正義感

山吹や雨の堅田の佃煮屋

ルンペンとつかふ弁当花の下

斑猫や家並の端の自転車屋

麦稈帽這ひずりてをる畑かな

蟬鳴くや黄檗山の華僑墓地

稲妻の立て続けなり大江山

半島のはたての荒磯秋遍路

秋風や小草生ひたる廟の門

文楽の人形の顎そぞろ寒

冷えし鼻突き出してゐる世間かな

海の日の昇りきつたり蜜柑山

寒明けて達磨の腹の錘かな

着流しの鳥打帽や鶏合

のつぺりと川流れをる日永かな

夕顔や反りて水飲む測量士

黙禱の懐汗の流れけり

淡彩の裸婦像に秋立ちにけり

ガム嚙みて月を目指せるハイウエイ

殯

平成二三年〜平成二九年

馴染みたる革の指ぬき菊枕

初明り糺の森へ橋渡る

噴煙の三千丈や寒雀

山に得し櫟の実植うる狭庭かな

春風や突堤に飛ぶわれの声
散る桜海に届かず殯《かりもがり》

曳山の占むる道幅つばめの巣

耶蘇墓のひとかたまりや萵苣畑

葉桜や知恩院前コロッケ屋

鳴神に伏す山祇《やまつみ》も海神《わだつみ》も

秋晴や樹下の白馬の長ゆばり

藻畳の波打ちてゐる月夜かな

露草や混みて静かな精神科

虫籠の外に取りつき蟋蟀

浦祭灯の無き道を帰りけり

白鳥のどさと降りたる田んぼかな

わが影に入り冬菊のなほ白し

初花や塞ぎの虫に埒明きぬ

すみのえの和布刈りけり虚貝

片陰やビール工場塀尽きず

煌煌と河口の工場木の実落つ

疾駆せる雨中のバイク七竈

枯菊や路地の小家のみな灯る

白菜剥ぐ無理遣りの音たてにけり

春灯や網代天井聚楽壁

指すでにつまむ形や蝶に寄る

松籟や身を失ひし桜貝

薄明の石畳濡れ白牡丹

朗朗の月に夏草精しけれ
蟬声をかぶりて門を出でにけり

火を焚きて荒野の無月称へけり

へくそかづらフェンス頼りに枯れにけり

飲むからは一掬ならず寒の水

寒満月樋にひとすぢ藁下がる

雨粒にいちいち応ふ春の水

紅梅に呼ばれてをりぬまだ眠き

葦の芽や日の当たりたる泥の艶

春昼や音を漏らさぬパチンコ屋

螢追ひ肘雫せるこの世かな

草蜉蝣舞妓の足袋を汚しけり

石段の高きが嬉し七五三

八重山の奥の山照り大根引

忽然と鴉湧きたる枯野かな

胡蘿蔔《にんじん》や拳ほどきて老に入る

雨降りさう即ち降れる桜かな

桐咲くや和泉式部の青つむり

遊船のかもめが幅を利かしをり

炎天や楠と欅と差し交はす

隠沼に垂直の日や蛭蓆

日盛りや川は木陰に潤へる

ハンモック辛抱の木が二本立つ

路地の奥曲がりても路地月仰ぐ

西よりの雲に名月奔りけり

宇治川や繡帳に聞く虫の声

仏像の翻る袖新松子

月光をはぐらかしたり枯尾花

生立ちの陰翳に春着の子

雪原やネット予約のホテルの灯

アップル社遍《あまね》はる世や初電車

風去なす舳の鷗猫柳

包帯を巻いてもらふやあたたかし

漫漫と海習習と風つばくらめ

白髪を無慚に切りし薄暑かな

六月や京の日暮は水面より

消え消えの虹を鳥の過りけり

旅券に判押して皓歯や星涼し

銀河よりひと雫つと若返る

古書市に漂ふ匂ひ暮の秋

古椅子の撥条生きてをり蔦紅葉

渋紙に出刃包みけり藪柑子

枯芝や薄曇の日華やげる

キャタピラに傷みし道路冴返る

漂泊の盗汗《ねあせ》に覚めて春の岸

汗拭ひけり束の間の雲の影

海水浴太陽音もなく沈む

船旅

平成三〇年〜令和六年

独裁者と軍服の列鶫来る

頽齢の反権力の焚火かな

引潮になまなまと岩実朝忌

百枚の棚田に十戸春の海

人寰の案内ロボット桜咲く

笑ひをる最中椿の落ちにけり

洛中や幹にまつはる花の雨

大原女の手甲濡らせせり芹の水

チューリップはつきり嫌と言ひにけり
夢覚めてうつつの蟻の仕事見て

茄子の花間に合はぬこと間に合はす

大寺の土塀の長し片陰も

水占に虚を衝かれけり今年竹

サンドレスままよの脹脛曝し

氷水渡世に足らぬ利息かな

奈良団扇思案の首を煽ぎやる

夜の更けて飯にありつく篁

星月夜遠白波を船に見て

纏ひつく雲を出でむと月悶ゆ
病む人の聞き耳立つるめがるかや

清潔な老人ホームクリスマス

片づきし机に止まり冬の蠅

蝌蚪生まる野つぺに臥して見てゐたり

夕凪や髪掃き寄する理髪店

富士を見ず東京に着く残暑かな

皿洗ふ手許の暗し遠花火

冬青空怪我の力士と仰ぎけり

開戦日馬鹿たれと言ひ放ちけり

自販機立つ辻の明るし去年今年

風邪の熱退くやのつぺらぼうの吾

松が枝のぎくしやく伸びし寒の水

大仏の背のだだ広し鳥帰る

春潮に自転車止めて鯛飯屋

月涼し余熱のビルを離れては

出を知らぬ満月すでにビルの上
遠景は冬霧に消ゆ高速路

助手席の天王寺《てんのじ》蕪《かぶら》じっとせず

寝る前のパジャマの時間冬灯

夏空や鷺したたらす白き糞

下駄箱に折りしゴム長梅雨昏し

川暗し残暑の一日終りけり

木の葉散る孜孜と働き未婚の子

白障子翳りて心落ち着きぬ
船に見て崖の裸木我ならむ

ここいらの子のはしこしや懸り凧

白鳥帰る猿《ゑん》臂《ぴ》伸ばせるバレリーナ

咲き満ちて昏冥抱く大桜

崖つ縁走る伊豆急五月波

夏暁の厨の刃物澄みてをり

鳳蝶ばたつく岩の水たまり

とっておきの未来に来しが百合萎れ

煙草咲く塩《し》飽《わく》本《ほん》島《じま》船の着く

豆《と》満《まん》江《かう》霧濃し拉致の子が見えぬ

空爆の記憶や雪を積む瓦礫

宿直の娘に持たせ晦日蕎麦

梅三分壮齢の子の左遷さる

残雪の伊吹嶺こたび上京せず
囀やひとつも開かぬビルの窓

古雛飾るたび貌新たなる
船遊乗りし所に戻りけり

化粧してどこへも行かぬ鳳蝶

船旅の友逝き海の星涼し

八月や折鶴解けば平らなる

月光がキーンと音すビルの街

白煙立つ温泉櫓蘇鉄の実

満目の枯やみづうみ日を反す

行く年や舞台見ざりし飢深き
こつと消ゆ今の今までゐしかはづ

あとがきに代えて

母・山田喜美が句集を出したいと言い出したのは、闘病の末、母と同居していた妹愛理が、主治医よりホスピスか在宅医療かと問われ、自宅へ戻すことを決め、母が病院から家へ戻って来て間もなくのことでした。

句集完成にはとても間に合わないけれど、母を少しでも喜ばしたい一心で、妹が「鷹」同人の辻内京子さまにお願いをし、辻内さまに大変なご尽力を頂き、句集作成を進めました。

また、辻内さまが俳人協会への入会をすすめて下さり、小川軽舟先生に推薦状を書いて頂いて、母の存命中に入会を果たすことが出来ました。

母は、痛み止めの薬や、髄膜播種を起こしていたことの脳への影響で、入会したことはよくわかっていない様子でした。

しかし、入会記念品のクリアファイルに書かれていた鷹羽狩行氏の「摩天楼より新緑がパセリほど」の句を私が読み上げると、すぐに諳んじて、また作者の名前が崩し字で読めないと私が言うと、すぐに「鷹羽狩行」と教えてくれ、作者のみずみずしい感性について楽しく語り合いました。

病状としては末期でしたが、母の感性と俳句愛は、全く衰えていませんでした。これが、母が俳句の話をした最後となりました。

このような貴重な時間を与えて下さり、軽舟先生と辻内さまには感謝してもしきれません。

●タイトル「千里遥望」について

この句集の校正のために、母の句が掲載された「鷹」を一号ずつ見ていた時に、平成二十三年一月号の「編集室」の欄外に、母の手書きで、以下のように書き込んであるのを見つけました。

下江陵　　李白七言絶句

朝辭白帝彩雲間
千里江陵一日還
両岸猿聲啼不住
軽舟已過萬重山

軽舟先生が、ご自身の俳号の由来がこの李白の漢詩にあると書かれていた文章を読み、母が書いたものでした。

母が若い頃から李白、杜甫を敬愛していたことは、私達が幼い頃よりたびたび聞かされていました。

軽舟先生がつけて下さったタイトル「千里遥望」と繋がった瞬間でした。

「千里」は、私達家族が長く暮らした千里ニュータウンの千里であり、李白の漢詩の世界の「遥かなる千里」でもあります。

母は、天国でどんなにか誇りに思い、喜んでいることでしょう。

母の人生への最高のプレゼントを頂き、軽舟先生本当にありがとうございました。
また、ご多忙の中、母の為に選句と序文を書いて下さったことを、心から感謝申し上げます。

二〇二四年　十一月

山田喜美娘　山田小李花

●母の最後の作品（字は書けなくなっていましたので、口述。二〇二四年三月二十一日）

萱草や夢に家族のせいぞろふ
けんけんに行けど行けども春の園
春の草蒸し焼きにせり母の声

著者略歴

山田喜美（やまだ・きみ）

昭和15年1月　岡山市生まれ
昭和33年4月　岡山県立岡山操山高等学校卒業
昭和36年4月　岡山大学法経短期大学部入学
昭和38年4月　京都学芸大学特殊教育課入学
昭和42年3月　京都教育大学特殊教育課卒業
昭和42年4月　大阪府立高槻養護学校勤務
昭和43年4月　大阪府豊中市立第五中学校刀根山分校
　　　　　　　進行性筋ジストロフィー症児学級勤務
昭和44年3月　退職
昭和55年3月　鷹入会
昭和62年　　　鷹同人

藤田湘子、小川軽舟、後藤綾子の各氏に師事
現代俳句協会会員　俳人協会会員

令和6年6月1日　死去

◆趣味：バレエ鑑賞（娘のスタジオママだったので）
相撲（年6場所観戦した年もある）
小説（頭の中で構成する。長編も短編も。いつか書き始めたい）
◆好きな食べ物：白桃、鮃、酒各種
◆長所：落ち着いている
◆短所：愚図
◆好きな映画：「自転車泥棒」、チャップリンの「ライムライト」
◆苦手なもの：ウォッカ

句集　千里遥望　せんりようぼう
二〇二五年三月三日　初版発行
著　者――山田喜美
発行人――山岡喜美子
発行所――ふらんす堂
〒182-0002 東京都調布市仙川町一―一五―三八―二F
電　話――〇三（三三二六）九〇六一　FAX〇三（三三二六）六九一九
ホームページ https://furansudo.com/　E-mail info@furansudo.com
振　替――〇〇一七〇―一―一八四一七三
装　幀――君嶋真理子
装　画――Fumiko Saito
印刷所――日本ハイコム㈱
製本所――㈱松岳社
定　価――本体二八〇〇円＋税
ISBN978-4-7814-1716-5 C0092 ¥2800E
乱丁・落丁本はお取替えいたします。